MAMA

紀念我摯愛的朵麗（Dory）

嘿，別把愛藏起來！

【關於作者】

皮姆・凡赫斯特　Pimm van Hest

凡赫斯特接受過教師訓練，擔任小學老師，之後到大學攻讀心理系，求學期間結識了現在的伴侶。兩人決定領養孩子，於是在二〇〇七年，女兒茉伊拉（Moira）成為家中一員。之後，凡赫斯特決定在家工作，陪伴深愛的家人。凡赫斯特出版過許多好書，包括《我不敢說，我怕被罵》、《謝謝你陪伴我這麼久》（大穎文化）。

【關於繪者】

莎莎弗拉斯・德・布魯茵　Sassafras De Bruyn

一九九〇年出生於比利時，在安特衛普聖盧卡斯藝術學院（Sint Lucas Art Academy of Antwerp）就讀，畢業後擔任兒童劇團的插畫家與平面設計師。二〇一五年，布魯茵如願以償，出版了她的第一本繪本《克莉歐》（Cleo）。現在，畫繪本插圖成了她日常生活的一部分。

【關於譯者】

呂奕欣

師大翻譯所筆譯組畢業，曾任職金融與出版業，現專事翻譯。

Thinking 001

愛，無所不在 Overal en ergens

作　　者／皮姆・凡赫斯特（Pimm van Hest）
繪　　者／莎莎弗拉斯・德・布魯茵（Sassafras De Bruyn）
譯　　者／呂奕欣

字畝文化創意有限公司
社　　長／馮季眉
責任編輯／吳令葳
編　　輯／戴鈺娟、陳曉慈
封面設計／朱疋
排　　版／中原造像股份有限公司

讀書共和國出版集團
社長／郭重興　發行人兼出版總監／曾大福
業務平臺總經理／李雪麗　業務平臺副總經理／李復民
實體通路協理／林詩富　網路暨海外通路協理／張鑫峰　特販通路協理／陳綺瑩
印務協理／江域平　印務主任／李孟儒

發　　行／遠足文化事業股份有限公司
地　　址／231 新北市新店區民權路 108-2 號 9 樓
電　　話／(02)2218-1417
傳　　真／(02)8667-1065
電子信箱／service@bookrep.com.tw
網　　址／www.bookrep.com.tw

法律顧問／華洋法律事務所　蘇文生律師
印　　製／中原造像股份有限公司
2016 年 9 月 28 日　初版　　定價／280 元　　ISBN 978-986-93693-1-2
2021 年 11 月　　初版五刷

Overal en ergens
First published in Belgium and the Netherlands in 2015 by Clavis Uitgeverij, Hasselt - Amsterdam - New York.
Text and illustrations copyright © 2015 Clavis Uitgeverij, Hasselt - Amsterdam-New York.
Through Jia-xi Books Co., Ltd, Taipei
All rights reserved.
特別聲明：有關本書中的言論內容，不代表本公司／出版集團之立場與意見，文責由作者自行承擔

《愛，無所不在》
書籍簡介 & 導讀 & 推薦

愛，無所不在

Overal
en ergens

皮姆·凡赫斯特（Pimm van Hest）／文

莎莎弗拉斯·德·布魯茵（Sassafras De Bruyn）／圖

呂奕欣／譯

小蘭的媽媽去世了。
她離開了，走了。

小蘭很想媽媽，非常、非常想……
沒有任何言語足以形容她的想念。

前一刻還能和媽媽說話，
下一刻她就忘了呼吸，心跳也停了。

小蘭陪在媽媽身邊好久好久，
握著她的雙手，感覺它們漸漸冰冷。

媽媽還在眼前，卻好像不在了。

沒有人想討論死亡這件事。

大家什麼話都不說，就像媽媽現在一樣。

但小蘭不願安安靜靜，

她只想知道媽媽在哪裡。

她一定在什麼地方，對吧？

「親愛的，如果你想找我，一定找得到。」

小蘭決定去找她……

已經去世的媽媽。

小蘭去找四歲的弟弟安安，

說不定安安知道媽媽在哪兒。

安安房門沒關，小蘭聽見他在說話……

和媽媽說話。

怎麼可能？

小蘭推開房門，

發現安安盤腿坐在床上，與小熊面對面。

原來，安安在和小熊說話。

媽媽是小熊，小熊裡找得到媽媽。

小蘭走下樓，看見爸爸在餐桌旁喝咖啡，

她也坐了下來。

「爸爸，你覺得媽媽在哪裡？」

「嗯……」爸爸才一開口，又沉默了下來。

隨後，他拿起媽媽的照片，放在桌上。

「我想，媽媽就在這兒，在我們中間，在桌子旁邊。

她的圖畫、她黏好的馬克杯也在這兒，

媽媽就在她常坐著的椅子那兒，

別忘了那一件她掛在牆上的大衣。」

媽媽在東西裡，東西裡找得到媽媽。

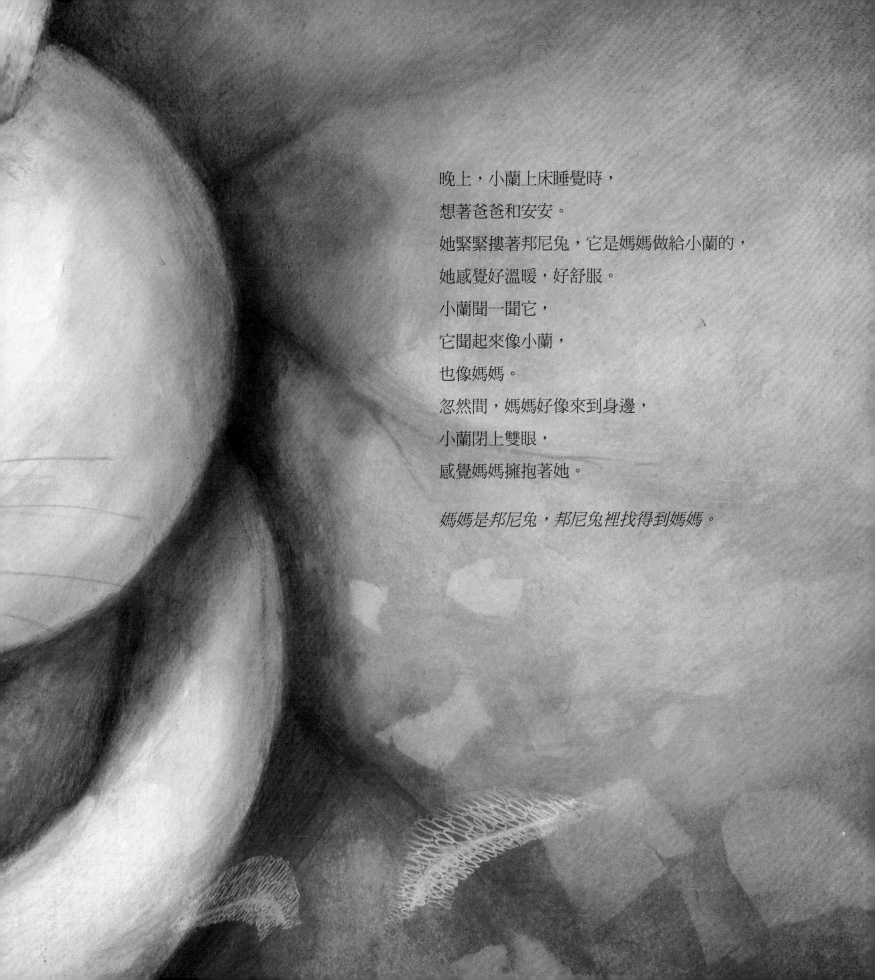

晚上，小蘭上床睡覺時，

想著爸爸和安安。

她緊緊摟著邦尼兔，它是媽媽做給小蘭的，

她感覺好溫暖，好舒服。

小蘭聞一聞它，

它聞起來像小蘭，

也像媽媽。

忽然間，媽媽好像來到身邊，

小蘭閉上雙眼，

感覺媽媽擁抱著她。

媽媽是邦尼兔，邦尼兔裡找得到媽媽。

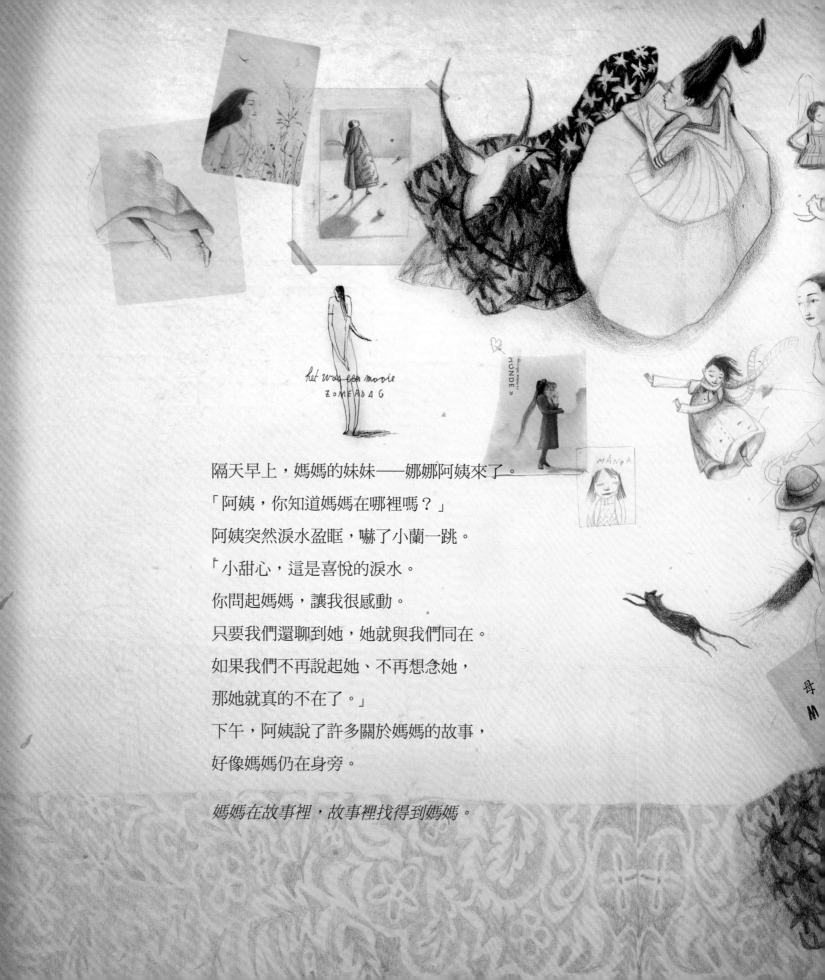

隔天早上，媽媽的妹妹──娜娜阿姨來了。

「阿姨，你知道媽媽在哪裡嗎？」

阿姨突然淚水盈眶，嚇了小蘭一跳。

「小甜心，這是喜悅的淚水。

你問起媽媽，讓我很感動。

只要我們還聊到她，她就與我們同在。

如果我們不再說起她、不再想念她，

那她就真的不在了。」

下午，阿姨說了許多關於媽媽的故事，

好像媽媽仍在身旁。

媽媽在故事裡，故事裡找得到媽媽。

一個星期以後，小蘭去住外公外婆家。

她走進外婆的廚房。

「外婆，你覺得媽媽在哪裡？」

外婆什麼也沒說，

只是點點頭，在圍裙上擦擦手，

然後走出廚房。

外婆拿來一本相簿，

將它翻開，指著其中一張照片。

小蘭看了看照片，一臉疑惑。

「外婆，為什麼要看我的照片呢？」

外婆噙著眼淚，卻微笑著說：

「親愛的，那不是你，那是你媽媽。」

媽媽是小蘭，小蘭裡找得到媽媽。

小蘭和外公去墓園，整理媽媽的墓。

「外公，你覺得媽媽在哪裡？」
外公放下耙子，坐在草地上。
「草的下面是泥土，」外公說，
「媽媽就埋在這片土裡。
她會慢慢化為泥土，
到了春天，花草會從土裡長出來，
那時你就會和媽媽再相見——
她彷彿恢復生命，
變身為一朵花，從地下探出頭的小蟲子，
或者是樹上結滿了的美味蘋果。」

媽媽是大自然，大自然裡找得到媽媽。

從墓園回到家，

外公帶小蘭往花園的一處角落走去。

「寶貝，瞧瞧那邊的玫瑰，

那是媽媽在與你差不多年紀時親手種的。

即使媽媽走了，玫瑰依然年年綻放；

那是媽媽活著的另一種方式。」

外公小心的摘下一朵最漂亮的玫瑰，交給小蘭。

「把它插在床邊的花瓶裡，

這樣媽媽就離你很近很近。」

媽媽是這朵玫瑰，玫瑰裡找得到媽媽。

隔天，鬧鐘一早就響，

媽媽最好的朋友──薇拉，要帶小蘭去海邊。

她們在海邊散步，薇拉說：「小蘭，我覺得你媽媽就在這裡。」

「哪裡？」小蘭問。

「在風中。我們看不見風，卻可以感覺到風，

就像你看不見媽媽，但她還在這裡。

親愛的，張開雙臂，閉上雙眼，想著媽媽。

這樣就能感覺到她。」

此時，小蘭忘卻一切，

她覺得媽媽將她摟在懷裡。

好溫暖。

媽媽是風，風裡找得到媽媽。

晚上，小蘭沒有很快睡著，
卻突然想起老師的話。

「我猜，你媽媽已經成為一顆美麗的星星，
在夜裡發光，守護著你，陪你進入夢鄉。
媽媽是你在黑暗中最明亮的微光。
你想媽媽的時候，抬頭看看夜空，
在點點繁星中，說不定能找到她。」
小蘭拉開窗簾，仰望星空。
雖然媽媽在很遠的地方，小蘭卻感覺媽媽就在眼前。

媽媽是星星，星星裡找得到媽媽。

那一夜，小蘭作了好美的夢。

小蘭獨自坐在長椅上，

媽媽走了過來，坐在她身邊，

就像以前一樣。

「媽媽，」小蘭驚訝的說，「你在這裡？

可是我到處找你。」

媽媽彎下腰，吻了她一下。

「親愛的，我一直都在呀！」

隔天早晨，爸爸親親小蘭，將她喚醒。

「我知道媽媽在哪裡。」小蘭說。

「在哪裡？」爸爸問道。

《媽媽，

在每一個地方。》